Histoires d'enfants à lire aux animaux

Hervé Walbecq

Histoires d'enfants à lire aux animaux

Illustrations de l'auteur

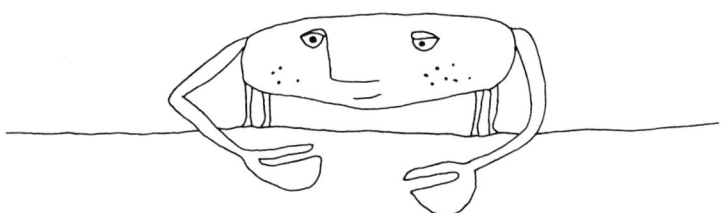

Neuf
l'école des loisirs
11, rue de Sèvres, Paris 6ᵉ

© 2011, l'école des loisirs, Paris
Loi n° 49.956 du 16 juillet 1949 sur les publications
destinées à la jeunesse : novembre 2011
Dépôt légal : novembre 2011
Imprimé en France par Hérissey/Qualibris
à Évreux (Eure) - N° d'impression : 117437

ISBN 978-2-211-20574-0

La fille sauterelle
10

Les larmes escargots
14

L'enfant phasme
18

Le poisson lampadaire
24

Histoire de la dame très gentille
28

La libellule du poumon
32

L'homme filet
38

Le petit garçon qu'on prenait
toujours pour un animal
42

La fille chlorophylle
48

Le lapin chat
52

La dame qui prenait son mari
pour un poisson rouge
56

L'oiseau bulle
62

Le cauchemar de la gaveuse d'oie
64

Perdu fourmi rue Mouffetard
68

La femme potiron
74

Le sanglier du centre de la Terre
80

Le hibou du genou
86

Le chien migrateur
94

Le serpent dans la dent
98

Le papillon chanteur
104

La fille sauterelle

Ma petite sœur s'était assise par mégarde sur son chat.

Il avait fait un bond tellement grand qu'elle avait sauté par-dessus les maisons. En la voyant passer au-dessus de leur tête, les gens l'avaient prise pour une sauterelle, une sauterelle géante. « Parfait pour la pêche à la truite », s'étaient-ils dit ; et ils étaient aussitôt partis à sa recherche.

Ils se munirent de filets à papillons, grimpèrent sur les toits, fouillèrent les cheminées et finirent par la trouver. Ma petite sœur eut beau leur expliquer qu'elle n'était pas un insecte, ils ne voulurent rien entendre. Ils la ramenèrent dans leurs filets. Ils préparèrent leurs cannes à pêche,

leurs bottes et leurs épuisettes, mais tandis qu'ils s'apprêtaient à l'accrocher à un hameçon, elle prit ses jambes à son cou et disparut. En la voyant courir ainsi, certaines personnes réalisèrent qu'elles s'étaient trompées d'appât.

D'autres, par contre, continuèrent à penser qu'elles avaient bien attrapé une sauterelle, une sauterelle avec des jambes, d'accord, mais une sauterelle tout de même.

Les larmes escargots

Je n'aime pas la salade.

Je fais des crises terribles quand on me force à en manger. Un jour, devant mon obstination, les dames de cantine m'ont dit : « Si tu ne finis pas ta salade, tu n'auras pas de dessert. » De rage, je me suis mis à pleurer. J'ai rentré les épaules, baissé la tête, et me suis caché le visage dans les mains. Sous les yeux je n'avais plus alors que

cette horrible assiette verte. Mais je remarquais soudain qu'au moment même où mes larmes tombaient sur les feuilles, elles se transformaient aussitôt en escargots. Et les escargots, à peine formés, s'empressaient de manger ma salade. Je décidais alors de pleurer le plus possible. Je pleurais jusqu'à ce que mon assiette soit vide.

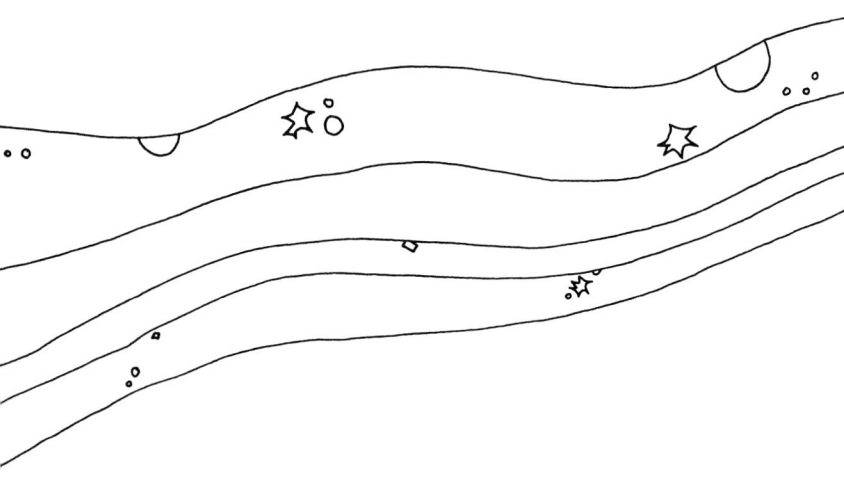

Constatant l'ampleur de mon chagrin, et surtout pour me féliciter d'avoir fini tout mon plat, les dames de cantine me donnèrent deux fois plus de dessert. Je cachais les escargots dans ma poche et décidais de n'en parler à personne.

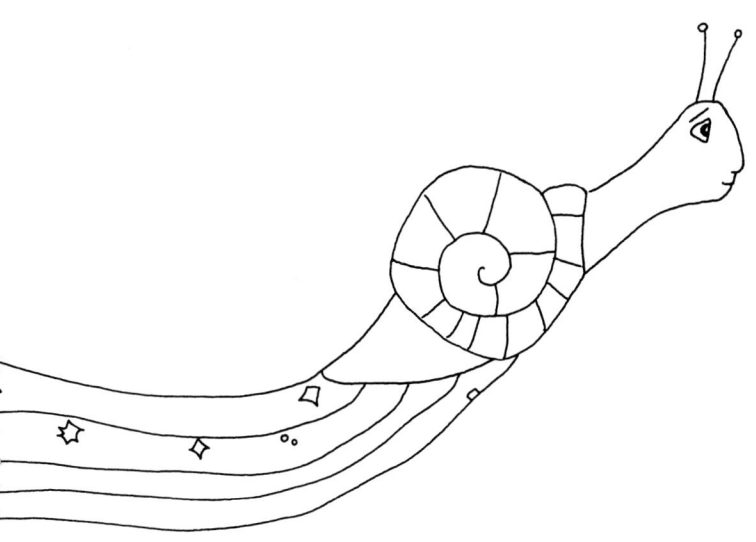

Pendant longtemps je les ai gardés dans un lieu secret, mais plus jamais on n'a servi de salade à la cantine, alors j'ai fini par les relâcher, quelque part, à la campagne.

L'enfant phasme

Il y avait dans ma classe un petit garçon sec comme un bâton.

Tout le monde le prenait toujours pour une branche. Le professeur de botanique l'utilisait régulièrement pour faire l'arbre sur l'estrade, à la récréation, les surveillants se servaient de lui pour frapper les élèves indisciplinés, et quand le directeur passait dans les couloirs, il le confondait tou-

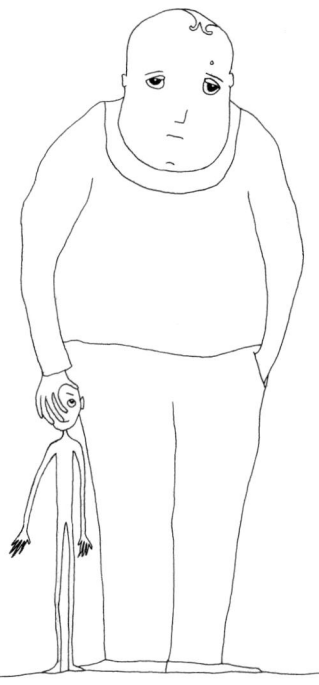

jours avec sa canne et lui écrasait à chaque fois la tête avec la paume de sa main.

Il n'était pas très heureux, et les autres enfants ne l'aimaient pas beaucoup. La plupart du temps il restait seul dans un coin, occupé à chasser les pigeons qui prenaient ses épaules pour un perchoir.

Un jour, alors que nous
visitions le Muséum d'histoire naturelle, il découvrit
un grand aquarium rempli de
phasmes. Ce sont de petits insectes qui ne bou-
gent presque pas et qui ressemblent à des brin-
dilles. Le petit garçon crut d'abord apercevoir le

reflet de son image dans la vitrine, mais en regardant de plus près, il s'aperçut que les phasmes avaient exactement la même apparence que lui. À travers le lierre et les ronces, ils semblaient lui sourire et lui faire signe. Discrètement, il souleva le couvercle de l'aquarium, glissa un premier

bras, puis un second, et enfin le corps entier. Dès qu'il fut avec les insectes, il se sentit tout à fait à son aise. Il se cacha derrière une branche, et attendit la fin de la visite. Quand la classe quitta le musée, personne ne remarqua qu'il manquait à l'appel. Par la vitre, il regarda les enfants retourner à l'école et décida de rester dans l'aquarium.

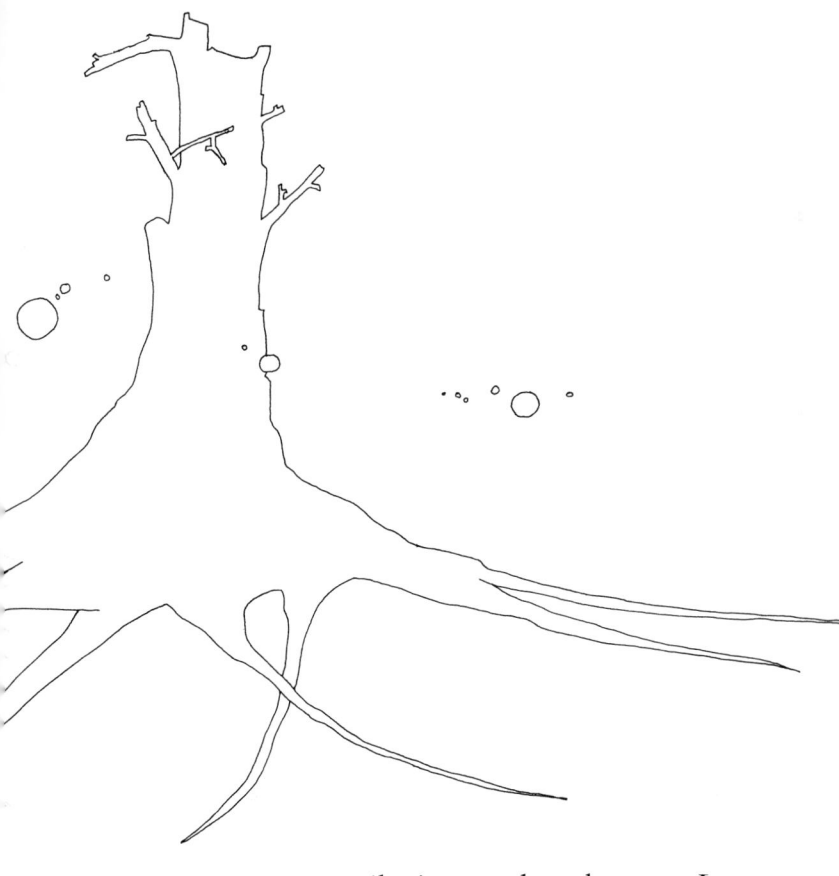

Depuis ce jour, il vit avec les phasmes. Les surveillants sont bien obligés d'utiliser un autre bâton pour corriger les élèves, et le professeur de botanique emmène désormais les enfants dans la forêt s'ils veulent voir des arbres.

Le poisson lampadaire

J'avais un poisson qui changeait de couleur avec la nuit.

Le jour, il était bleu, et quand le soleil se couchait, il devenait blanc et lumineux comme la lune. Nous l'avions installé devant la porte de notre maison. Ainsi, les gens qui venaient nous rendre visite ne pouvaient pas se tromper : la maison la plus éclairée était toujours la nôtre.

Un jour, le maire est passé dans notre rue. Il trouva notre idée très ingénieuse. Il proposa à mes parents de faire un élevage de poissons et d'en installer un à chaque coin de rue. Ce qu'ils firent bien volontiers.

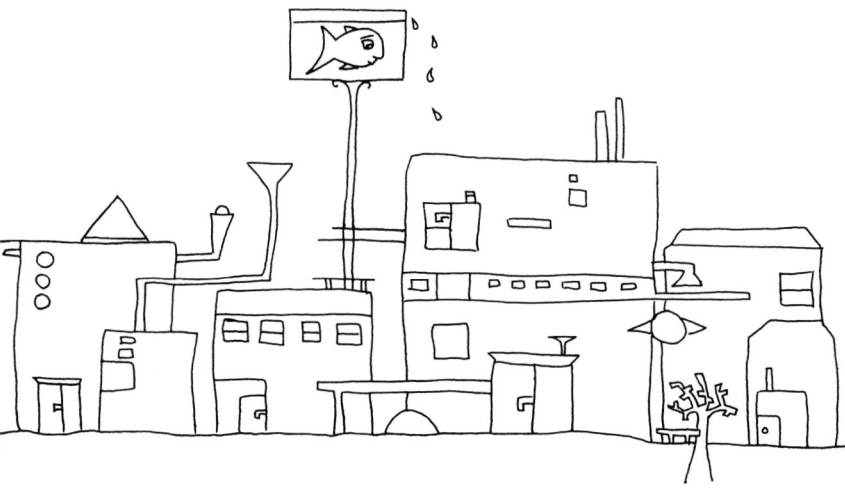

Quelques mois plus tard, toute la ville fut donc éclairée au poisson. Les lampadaires furent remplacés par des aquariums, et chaque rue prit le nom de son poisson. Ce fut un grand succès, et tout le monde était bien content. Malheureusement, cette opération s'était déroulée en été. Quand vint l'hiver, il fit grand froid, et l'eau des

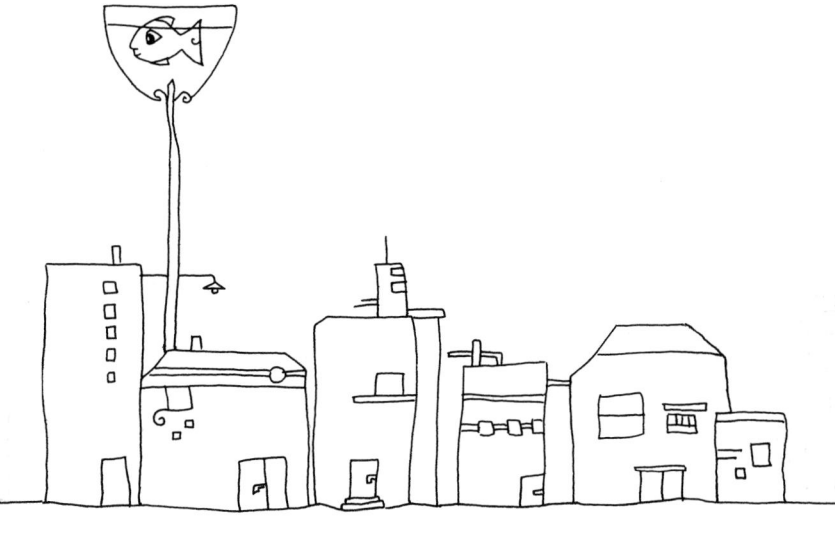

aquariums se mit à geler. Tous les poissons moururent en une nuit, et la ville se retrouva dans le noir. Les gens furent très en colère. Ils vinrent nous voir et nous reprochèrent de les avoir plongés dans l'obscurité… mais pas un n'eut une pensée pour nos pauvres poissons lampadaires.

Histoire de la dame très gentille

Notre voisine avait mis ses culottes à sécher dans son jardin, et les hirondelles avaient fait leur nid dedans.

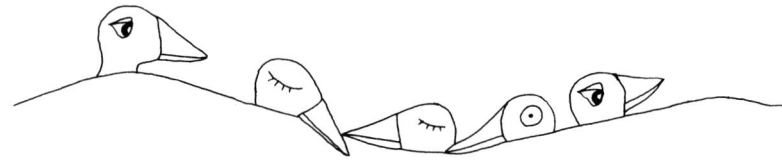

Comme elle était très gentille, elle n'avait pas osé les dénicher, et avait pris l'habitude de porter ses robes sans culotte.

Un jour de grande pluie, elle était rentrée chez elle toute trempée. Elle avait fait un feu et avait déposé ses souliers au coin de la cheminée.

Pendant la nuit, deux petits hérissons s'y étaient réfugiés. Au matin, elle n'avait pas osé les déranger, et avait désormais décidé de marcher pieds nus. Un autre jour, après s'être baignée dans le lac, elle constata qu'une vache s'était endormie sur sa robe. Elle ne voulut pas la réveiller et pré-

féra rentrer chez elle toute nue. Elle passa l'été ainsi : toute nue dans sa maison.

Quand vint l'hiver, elle fit deux ou trois tentatives pour se vêtir à nouveau, mais à chaque fois des créatures l'avaient précédée dans ses habits. C'est comme ça quand on habite à la campagne,

s'était-elle dit. Elle décida donc, pour ne plus embêter les animaux, de ne plus s'habiller.

Depuis ce jour, elle n'achète plus aucun vêtement, et quand elle a froid, les animaux, qui sont toujours très reconnaissants, la réchauffent tendrement.

La libellule du poumon

Dans mon pays, les libellules sont parfois si petites que, quand elles viennent au monde, les gens les avalent quand ils respirent.

La plupart du temps cela n'est pas très grave. Le bourdonnement de leurs ailes les berce quand ils dorment, et s'ils bâillent avec générosité, ou si leur mâchoire se relâche pendant leur sommeil, elles parviennent facilement à s'échapper. En général cela ne dure pas très longtemps.

Il est arrivé cependant qu'un monsieur qui avait du mal à ouvrir grand la bouche passe tout un printemps avec une bonne dizaine de libellules coincées dans les poumons. Les premiers temps, il se sentait juste un peu plus léger que d'habitude : particulièrement attiré par les fleurs,

toujours de bonne humeur… Mais rapidement il a commencé à ressentir un besoin irrépressible de se baigner. Où qu'il fût, il fallait tout de suite qu'il trouve un point d'eau. Les flaques dans la rue, les bassins à poissons rouges, les étangs… il ne pensait plus qu'à ça.

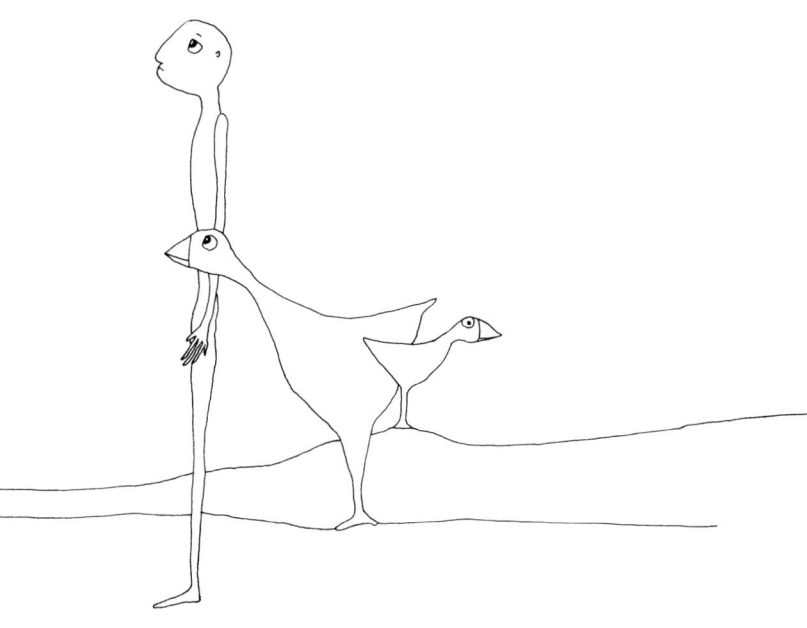

 Les libellules occupaient chez lui une place si proche du cœur qu'elles avaient une grande influence sur ses désirs. Comme c'était la saison des amours, et qu'elles se reproduisent dans les mares, elles le poussaient irrémédiablement vers les nénuphars et les lentilles d'eau. Un jour, alors

qu'il se promenait dans un parc, en passant près des canards, il retira tous ses habits et se jeta dans leur bassin. Aussitôt, des infirmiers vinrent le chercher et lui firent une piqûre, croyant qu'il était fou.

Il dormit trois jours, et quand il se réveilla, comme il était bien détendu, il ouvrit grand la bouche pour bâiller. Ainsi sortirent toutes les libellules de ses poumons.

L'homme filet

Le père de mon grand-père était très vieux. Jusqu'alors il vivait à la montagne et ne s'était jamais taillé la barbe.

Pour ses cent ans, nous lui avons offert son premier bain de mer. Mais sa barbe est si longue et si épaisse qu'en sortant de l'eau, elle fut toute chargée d'anémones, d'algues et de poissons. Loin de prendre peur, le père de mon grand-père s'assit sur le sable, les retira un à un et nous

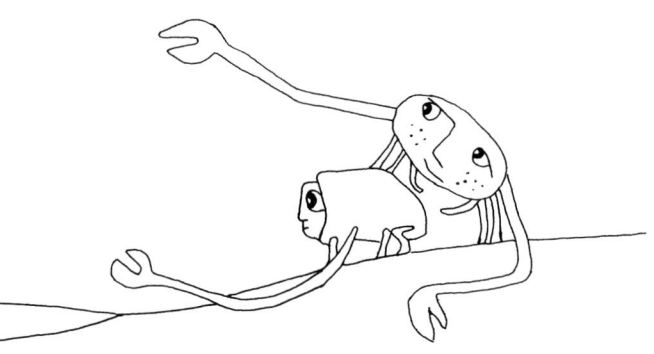

les offrit. Le lendemain, il revint se baigner et attrapa de nouveau de nombreuses créatures. Il se baigna tous les jours, et quand vint la fin de ses vacances, il ne voulut plus repartir. Il installa une petite table sur le sable, et tous les matins il se mit à vendre le fruit de sa barbe.

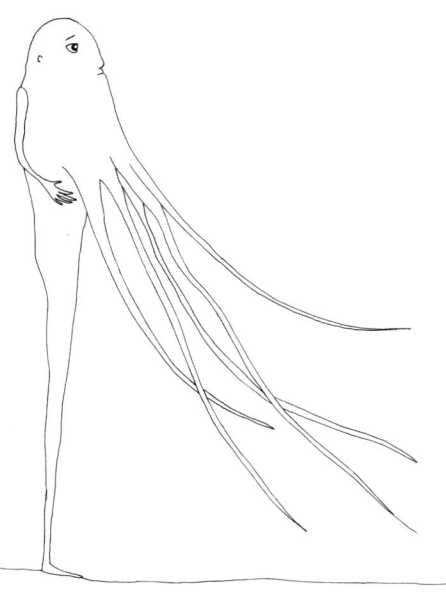

Il est maintenant beaucoup plus heureux qu'à la montagne. Il n'a plus besoin de travailler pour vivre : juste nager un peu et attendre ses clients au soleil.

Les habitants du bord de mer ont d'ailleurs trouvé son idée formidable et, les uns après les autres, les hommes se sont laissé pousser la barbe. C'est pourquoi, depuis ce jour, même si l'activité maritime a un peu diminué, les hommes de ce pays ont des barbes très longues, qui descendent parfois jusqu'aux pieds.

*Le petit garçon
qu'on prenait toujours
pour un animal*

Je suis un garçon tout à fait ordinaire, et pourtant, tout le monde me prend toujours pour un animal.

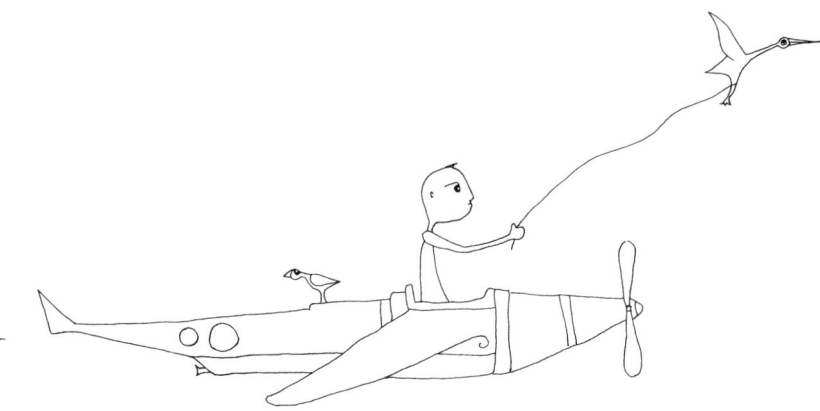

Un jour, en plein Paris, une dame s'est arrêtée au milieu du trottoir et m'a dit : « Oh, ma pauvre petite otarie, comme tu dois être malheureuse, ici, perdue sur le bitume. » Elle m'a pris par la main, m'a acheté un billet pour Cape Town, et m'a directement envoyé en Afrique du Sud, pour que « je retrouve l'océan Indien ».

Mais une fois là-bas, les gens ont tout de suite cru que j'étais un zèbre : un tout petit zèbre sans rayure, et ils m'ont installé dans un parc avec des gazelles et des antilopes. Au bout de quelques jours, un monsieur très riche a soudain vu en moi un magnifique ours polaire. « Oh, mon pau-

vre petit ours, m'a-t-il dit, comme tu dois avoir chaud, ici, sous le soleil africain.». Et il m'a aussitôt envoyé au pôle Nord. Mais là-bas, les gens m'ont pris pour un phoque, puis pour une souris, puis pour une fourmi, enfin pour un chien, une vache et un canard.

Au bout d'un moment, je commençais à en avoir assez. J'ai pris la poudre d'escampette et je suis rentré chez moi, à Paris.

À peine sorti de l'aéroport, je me suis arrêté dans un café, j'ai demandé un grand mor-

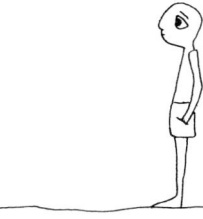

ceau de papier, j'ai écrit dessus : « JE SUIS UN PETIT GARÇON », je me le suis accroché autour du cou, puis je suis parti tranquillement visiter les Champs-Élysées.

Depuis ce jour, j'ai la paix, et plus personne ne m'emmène à l'autre bout du monde.

La fille chlorophylle

Je connais une petite fille verte.

Elle est née comme ça. Sa maman n'a pas particulièrement mangé d'herbe quand elle était enceinte, et pourtant elle est venue au monde verte comme une feuille.

À sa naissance, les sages-femmes avaient conseillé à ses parents de la relâcher dans une forêt, mais ils trouvaient sa couleur jolie alors ils l'avaient gardée.

À l'école, elle avait rencontré de grandes difficultés. Elle n'avait pas le droit de partir en classe de nature car deux fois on l'avait perdue dans une prairie. Elle n'avait pas beaucoup d'amis… Par contre, elle s'entendait très bien avec les animaux. Elle ne faisait pas peur aux oiseaux, elle pouvait nager dans les mares sans effrayer les grenouilles, et quand elle se reposait dans les sous-bois, les insectes restaient tranquillement assis tout autour d'elle. C'est pourquoi, après quelques années d'errance, elle avait décidé de ne plus jamais quitter la forêt.

Maintenant, quand ils la croisent, les gens pensent que c'est une fée, un elfe ou un ange des bois, mais moi, qui la connais bien, je sais que c'est une petite fille, une petite fille chlorophylle tout simplement.

Le lapin chat

Mon lapin était un chat.

J'avais bien remarqué depuis longtemps qu'il ronronnait quand il était content, et je disais aux gens : « Écoutez comme mon lapin ronronne bien. » Tout le monde me prenait pour un fou. Jusqu'au jour où il s'est mis à miauler. Ce jour-là j'ai invité tout le quartier à venir admirer mon

animal extraordinaire. Tout l'après-midi il a ronronné. J'étais bien content et très fier aussi. Mais alors une voisine malveillante, jalouse et envieuse, m'a dit: « Puisque votre lapin est un chat, qu'il vienne donc attraper la souris qui est dans mon salon. » C'était un piège.

Aussitôt je me suis rendu chez elle, mon lapin dans les bras. À peine étions-nous arrivés, que la souris est sortie de sa cachette et a commencé à nous narguer : grimpant aux rideaux, se cachant derrière les commodes. Mon lapin s'est alors mis à courir dans tout l'appartement, rongeant les

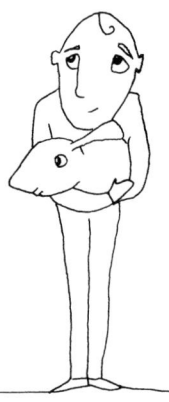

prises électriques, creusant des terriers dans les plantes vertes, totalement incapable de l'attraper. Tout le monde a bien ri.

Depuis ce jour, plus jamais mon lapin n'a ronronné, ni même miaulé. Pourtant, j'en suis sûr, mon lapin était un chat.

La dame qui prenait son mari pour un poisson rouge

Il y avait dans mon immeuble une dame dont le plus grand rêve avait toujours été d'avoir un poisson rouge.

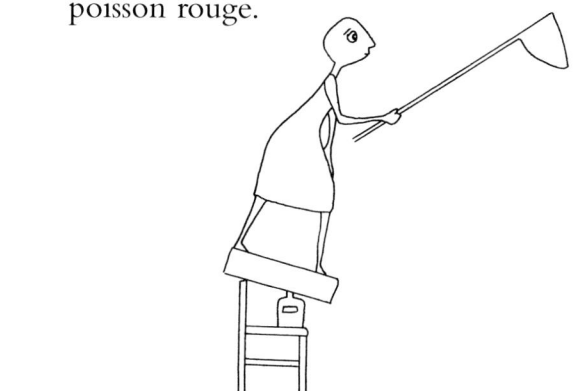

Mais elle n'avait jamais réussi à en garder un seul plus d'une journée, car, chez nous, l'eau du robinet est trop acide, et tous les poissons qu'elle s'était achetés étaient morts les uns après les autres.

Un jour, elle eut une révélation. Comme son mari était muet, il faisait toujours des petits mouvements avec la bouche pour s'exprimer. Après le repas, elle le regarda droit dans les yeux et lui dit : « Mon chéri, tu devrais prendre un bain. » Elle le prit par la main, lui fit couler une

grande baignoire d'eau chaude et l'enferma dans la salle de bains. Puis elle sortit, acheta des daphnies, une petite épuisette, et rentra chez elle toute contente. Son mari était très fâché de s'être laissé enfermer ainsi, mais elle le supplia, l'implora de ne plus quitter la baignoire. «Tu seras

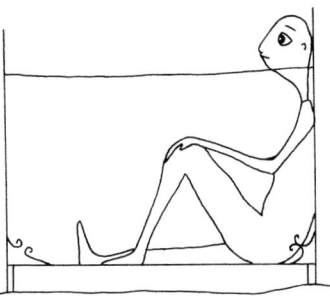

mon poisson, lui dit-elle, et moi je viendrai te pêcher tous les soirs.» Le pauvre homme était prêt à tout pour ne pas perdre l'amour de sa femme, et comme il ne pouvait pas lui raconter d'histoires, il accepta, pour un temps, de jouer le poisson. Mais sa femme était si heureuse qu'elle

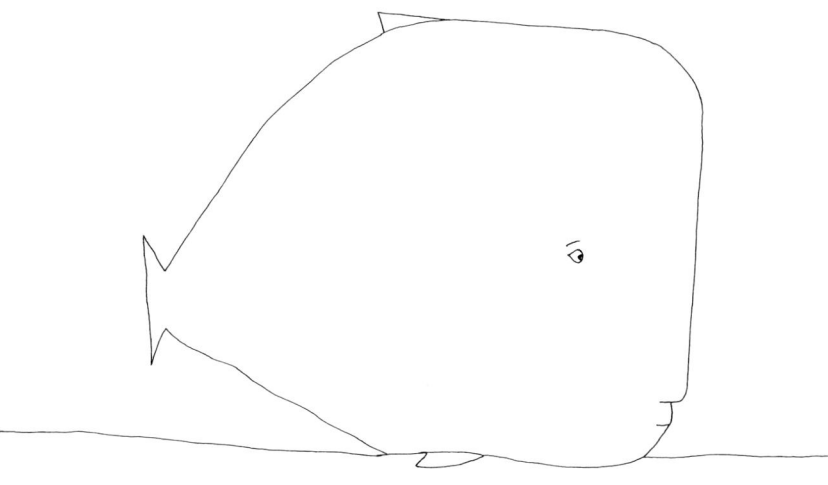

ne voulut plus le laisser sortir. Ils jouèrent ainsi au pêcheur et au poisson pendant près de dix ans. Un jour, enfin, la dame se lassa de ce jeu stérile et déclara que le seul animal qu'elle pourrait désormais vraiment aimer était un animal invisible, connu de son imaginaire seul.

Alors, son mari, pour ne pas la décevoir, sortit de la baignoire, se sécha, remit ses habits, ouvrit la porte de la maison et disparut pour toujours. Où qu'il soit maintenant, homme ou poisson, il est heureux car il sait qu'il sera toujours aimé, quelque part dans l'imagination de sa femme.

L'oiseau bulle

Je prends mon savon, je me lave les mains, et je découvre au creux de mes paumes un minuscule oiseau, pas plus gros qu'un oiseau-mouche.

Je le dépose sur le bord de l'évier, il se sèche et commence aussitôt à chanter. À chaque note sort une bulle de son bec. Comme je l'encourage vivement à continuer, il se met alors à chanter à tue-tête. Bientôt toute la salle de bains est remplie de bulles.

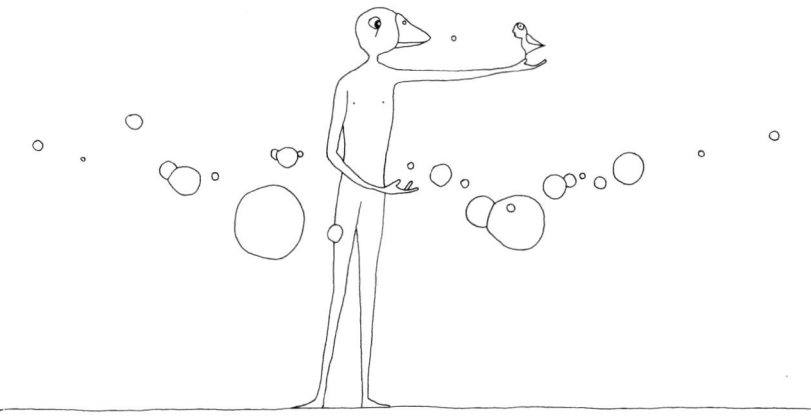

Plus besoin de prendre une douche, me dis-je. Je retire mes habits, j'écarte les bras et je me baigne dans les bulles.

Maintenant, grâce à mon oiseau, je fais beaucoup d'économies : ni savon, ni serviette, ni shampoing, et je suis propre quand même. Je fais juste un peu attention à ne pas trop ouvrir la fenêtre, je ne voudrais pas qu'il aille faire des bulles dans tout le quartier.

Le cauchemar de la gaveuse d'oie

J'ai rencontré une gaveuse d'oies qui, un matin, se réveilla avec deux têtes d'oie à la place des mains.

«Voilà ta punition» lui dirent les têtes, puis elles se mirent à lui pincer le visage, à lui crier dans les oreilles. Paniquée, la gaveuse d'oies se précipita vers la fenêtre pour appeler au secours, mais ses bras, inexorablement, l'entraînaient vers le garde-manger.

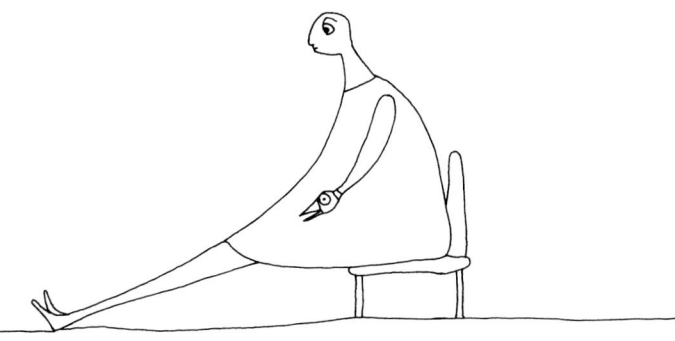

    Les becs s'emparèrent des confitures et des pâtés, et les lui enfoncèrent au fond de la gorge. Attaquée par ses propres bras, incapable de se défendre, la gaveuse d'oies s'écroula dans l'escalier se laissant gaver ainsi jusqu'au coucher du soleil, puis elle finit par s'endormir.

Cette nuit-là, elle fit des rêves très étranges… et quand elle se réveilla, ses mains avaient réapparu au bout de ses bras.

Elle eut mal au ventre plusieurs jours, puis elle reprit sa tâche : un entonnoir à la main, une tête d'oie entre les cuisses. Mais après quelques

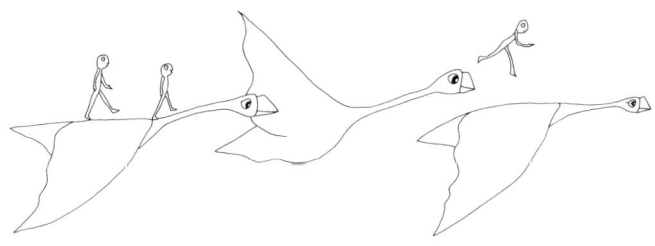

heures de travail, elle se mit soudainement à pleurer. Elle regarda l'oiseau droit dans les yeux, et jeta son instrument au sol. Puis elle jura de ne plus jamais gaver aucune oie. Depuis ce jour, elle a changé de métier et elle est maintenant bien plus heureuse.

Perdu fourmi rue Mouffetard

Quand j'ai perdu ma fourmi, j'ai mis des annonces dans tout le quartier.

Je me disais qu'au fond elle était tout à fait capable de se débrouiller toute seule, mais ce qui me faisait surtout peur, c'était qu'elle se fasse écraser.

Au bout de quelques jours, alors que je n'avais aucune nouvelle et que je commençais à

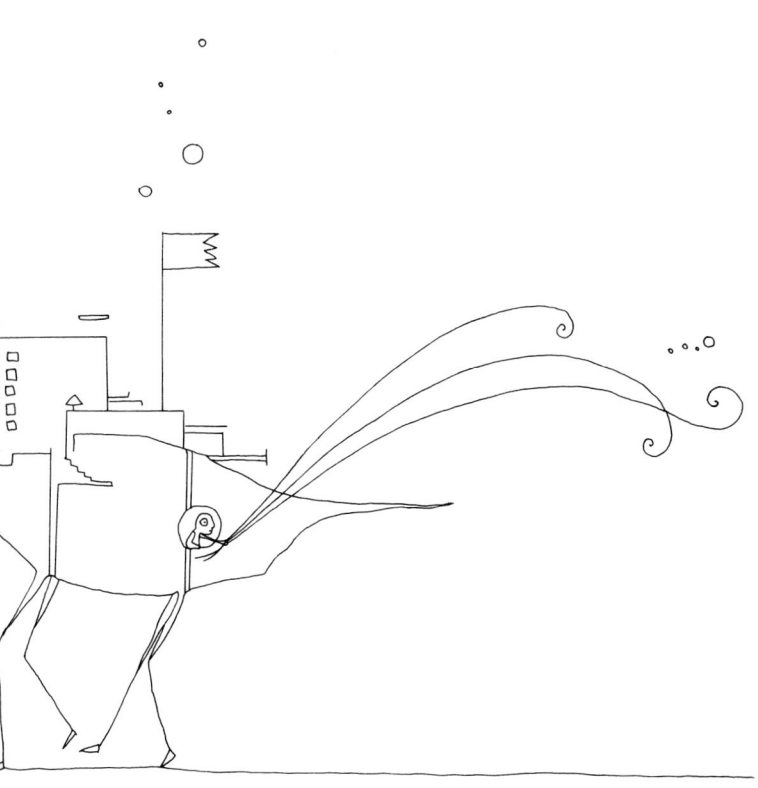

perdre espoir, un monsieur a téléphoné à la maison. « C'est vous qui avez perdu votre fourmi ? Moi j'ai perdu une mouche, nous pourrions peut-être nous entraider. » Aussitôt nous nous sommes donné rendez-vous dans un café.

Le monsieur m'expliqua qu'il était décolleur de mouches. Il récupérait les guirlandes de colle que l'on déroule l'été pour attraper les mouches, il les délivrait, et ensuite il les apprivoisait. « Si vous voulez retrouver votre fourmi, me dit-il, il faut, comme moi, aller droit au piège, et le piège pour vous c'est l'insecticide. »

Je réalisais alors que la concierge de l'immeuble d'en face avait répandu devant chez elle une certaine poudre jaune, fameux répulsif à fourmis.

Nous avons traversé ma rue en toute hâte, et, à peine arrivés devant l'appartement de la concierge, sommes tombés nez à nez avec ma fourmi, bien mal en point. Nous l'avons ramassée

et l'avons soignée. Elle est maintenant guérie, et je ne la laisse plus traîner n'importe où.

Malheureusement, nous n'avons jamais pu retrouver la mouche que ce monsieur cherchait.

En revanche nous sommes devenus amis, et nous faisons régulièrement de longues promenades rue Mouffetard, à la recherche d'insectes égarés.

La femme potiron

Ma grand-mère m'avait acheté sur le marché un énorme potiron.

Pour fêter ma venue, nous avions décidé d'inviter tous nos amis à partager une bonne soupe d'automne. En arrivant chez elle, j'avais posé le potiron sur la table de la cuisine et nous étions partis nous coucher, nous disant que nous le cuisinerions le lendemain.

Mais alors que je m'endormais, j'entendis des pleurs et des petits reniflements dans la cuisine. Je me levais et constatais que le potiron pleurait. Je lui dis qu'il ne fallait pas pleurer comme ça, que c'était le destin de finir en soupe quand on est un légume.

Mais il m'expliqua qu'il était apprivoisé, qu'il appartenait à une dame très gentille, que tous deux étaient très tristes, et qu'il voulait partir la retrouver.

Dès le lendemain, j'en parlais à ma grand-mère. Aussitôt nous l'avons rapporté dans son village, et

avons fait la connaissance de cette dame. «Mon mari ne croit pas qu'on puisse apprivoiser un légume, nous a-t-elle expliqué, il me dit qu'à force de vivre avec les potirons, je finis par leur ressembler.» Je constatais qu'en effet cette dame était toute rouge, toute brillante et toute ronde.

« C'est pourquoi il a vendu mon potiron préféré sur le marché, oh, merci, merci de me l'avoir rapporté », nous dit-elle. Puis elle disparut avec le potiron tout au fond de son potager.

Je restais un peu coi, mais je me dis que ce jour-là, au moins, j'avais fait quelque chose de bien.

Le sanglier du centre de la Terre

Il y a, au centre de la Terre, un énorme sanglier.

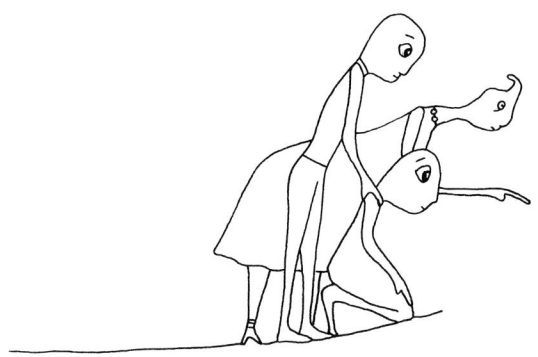

Les hommes guettent le reflet de son regard au fond des mares, et quand il est en colère, ils osent à peine faire du feu. Ils restent assis au bord de l'eau, silencieux, inquiets, ils invoquent les étoiles pour qu'il ne se réveille pas. En automne, ils enterrent des glands et des châtaignes qu'il

trouvera plus tard sous la neige, et quand les jonquilles n'apparaissent pas au printemps, ils se disent qu'il a sûrement croqué les bulbes, mais jamais ils ne le lui reprochent. Car sa colère est terrible.

Quand il n'est pas content, les arbres s'écroulent sur le toit des maisons, la mer sort de son estuaire, envahit les châteaux et les villages, et toute la pluie suspendue dans le ciel tombe d'un coup sur les hommes.

Mais quand ils ne l'embêtent pas, le sanglier peut être très gentil. Ses poils sont doux, sa graisse est bonne pour les oiseaux l'hiver, et le souffle de ses narines est si chaud, humide et confortable, que l'on peut presque s'y baigner.

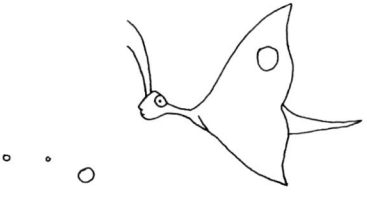

Alors, pour les hommes, quand tout va bien, il n'y a rien d'autre à faire que rester tranquillement allongés à la surface du sol… attendre que le temps passe… au soleil ou à l'ombre d'un arbre.

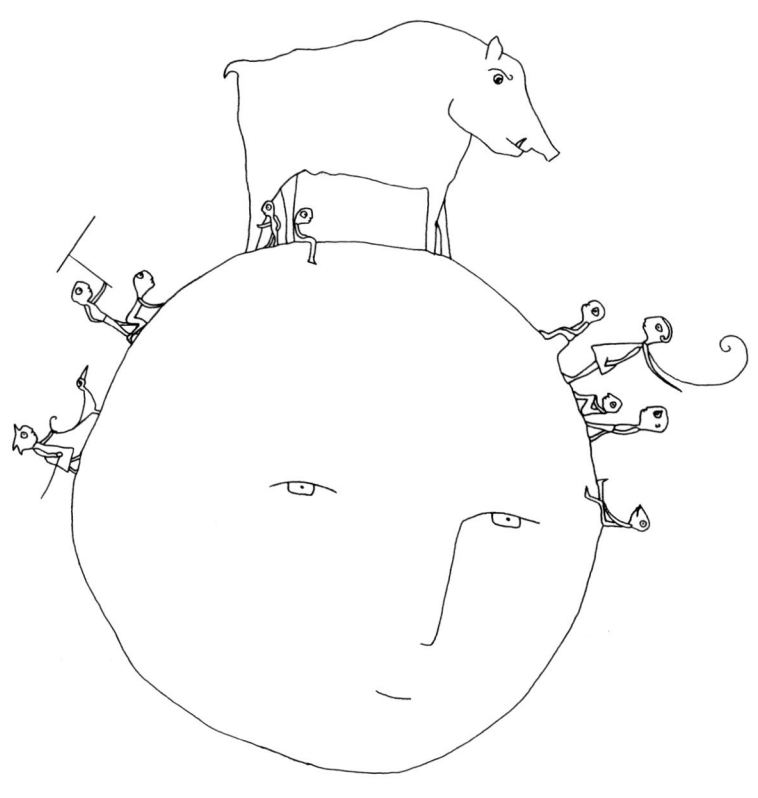

Et surtout ne jamais réveiller le sanglier du centre de la Terre.

Le hibou du genou

Un soir, en rentrant de chez ma grand-mère, je me suis perdu dans la forêt.

Comme le soleil se couchait je me suis réfugié dans une grange pour essayer de trouver le sommeil en attendant le lendemain. Mais j'ai très mal dormi. Je me suis réveillé au milieu de la nuit, j'ai trébuché sur une poutre et me suis blessé au genou.

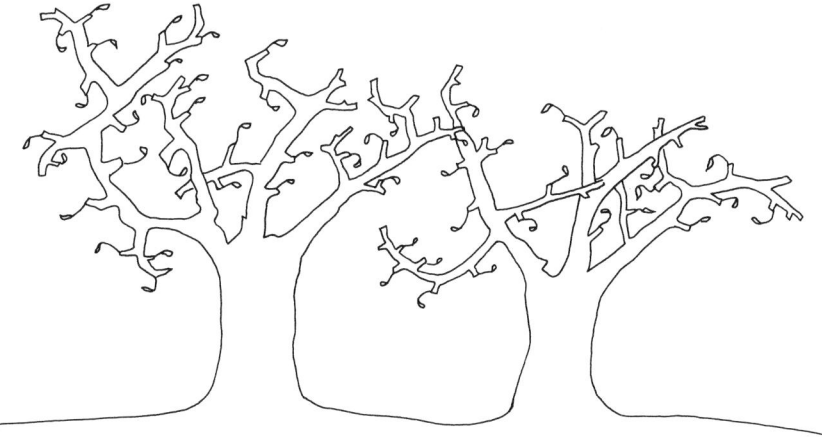

Le matin, comme j'étais pressé de retrouver notre maison, je n'ai pas pris le temps de me soigner. J'ai marché longtemps, et quand je me suis arrêté, mon genou avait doublé de volume. Sans doute devrai-je aller chez le médecin dès ce soir pour qu'il me fasse des points de suture, me suis-je dit, puis j'ai recommencé à marcher… Je n'ai pas retrouvé le chemin pour rentrer chez moi,

alors, dans la soirée, je me suis allongé sous un arbre, et avec un peu d'eau, j'ai commencé à nettoyer ma plaie.

Mais, alors que je retirais les petits cailloux et les herbes qui s'étaient collés sur ma peau, je remarquais que mon genou bougeait. Ce n'est pas

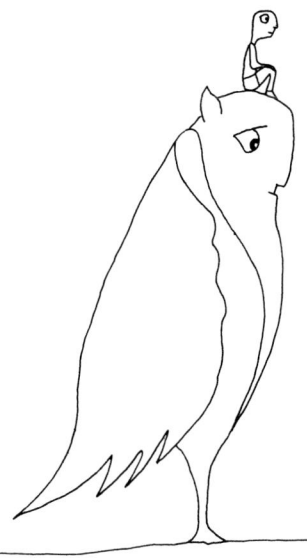

moi qui le faisais bouger, il remuait tout seul. En regardant de plus près, je m'aperçus qu'il y avait des petites plumes tout autour de ma blessure.

Tandis que je commençais à les retirer une à une, mon genou se mit soudain à crier. J'approchais mon oreille le plus possible de lui pour

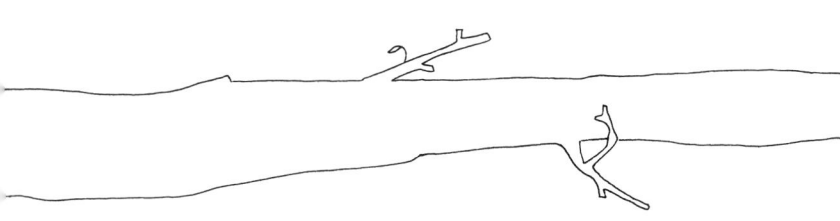

entendre ce qu'il avait à me dire, et c'est alors que je fis la connaissance d'une des créatures les plus surprenantes que j'ai rencontrées de ma vie.

La nuit, sans m'en apercevoir, j'étais tombé sur un hibou, qui, comme moi, n'arrivait pas à trouver le sommeil. Il s'était retrouvé coincé dans

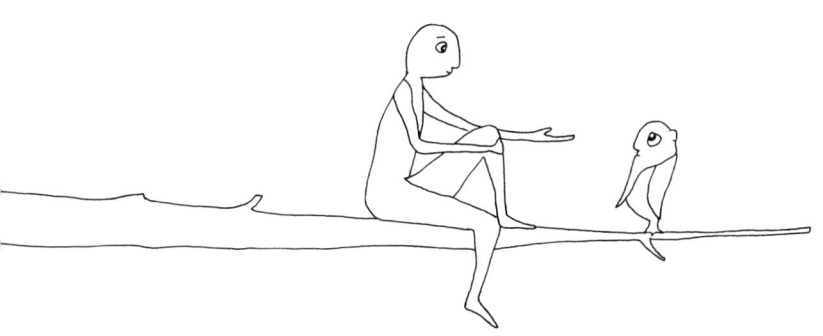

mon genou, et comme je m'étais rendormi sur le ventre, il n'avait pas pu s'évader. Toute la journée il s'était promené avec moi, comme un kangourou dans sa poche. Je le sortis aussitôt de sa prison, et le déposai sur l'herbe à côté de moi.

Le soleil s'était couché depuis longtemps, et la grange où nous avions dormi était bien loin maintenant. Je proposai donc à l'oiseau de passer la nuit à mes côtés. Nous ne dormîmes pas beaucoup cette nuit-là, et passâmes la plus grande partie du temps à discuter. Le lendemain, comme

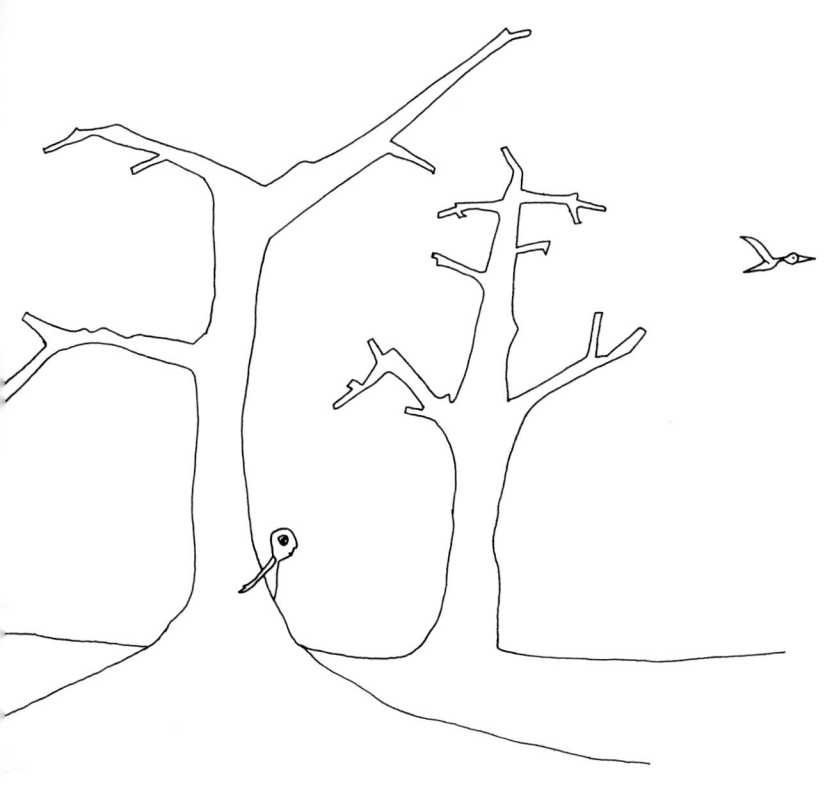

j'étais toujours blessé, il m'accompagna chez le médecin puis j'ai retrouvé le chemin de ma maison. Je suis maintenant guéri depuis longtemps, mais nous ne nous sommes pas quittés, et si je me perds dans la forêt ou dans les bois, je n'ai plus peur, car je sais que mon oiseau est avec moi.

Le chien migrateur

Mon chien s'est envolé.

Au début, je ne me suis pas beaucoup inquiété. Il ne quittait le sol que de quelques centimètres. Je mettais sa gamelle sur un tabouret pour qu'elle fût à sa hauteur. Mais très rapidement il s'est retrouvé collé au plafond. Pas facile pour le caresser.

Quand je suis sorti le promener, les gens l'ont pris pour un ballon gonflable. Il y a même un enfant qui a voulu le crever avec une aiguille. Je me suis assis dans un coin du parc, et lui s'est installé dans un arbre, avec les oiseaux. Jusque-là tout allait bien.

Après tout pourquoi pas, c'est son droit, me suis-je dit. Mais tout s'est compliqué quand un groupe d'oies sauvages est passé au-dessus de nos têtes. Soudain mon chien a bondi à leurs trousses, et il a disparu dans les airs.

Depuis, il vole. Je pense qu'il va les suivre jusqu'en Afrique du Sud, on a vu, paraît-il, un chien volant survoler le Maroc.

Le serpent dans la dent

Dans le creux d'une dent
vivait un serpent.

C'était un serpent minuscule qui ne sortait jamais de son trou de peur de se faire écraser par deux molaires. Pour survivre il attrapait de temps à autre des petits bouts de nourriture égarés avant qu'ils ne descendent dans le gosier. Or, la dent dans laquelle il vivait appartenait à un ter-

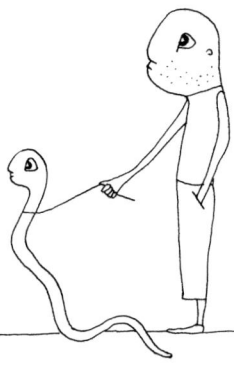

rible bandit. Un jour, ce bandit fut arrêté, condamné à mort, jeté en prison, et privé de repas jusqu'à son exécution. Au bout de trois jours, le serpent, affamé, fut bien obligé de sortir de sa cachette. Pendant le sommeil du bandit, il glissa sur sa langue et se retrouva dehors. Le fait

d'être enfin à l'air libre et de ne plus vivre confiné dans une dent lui donna déjà l'impression d'être deux fois plus gros.

Il y avait dans la cellule du bandit une multitude d'insectes qui ne cessaient de l'agacer, le serpent s'empressa de tous les avaler. À son réveil, le bandit remarqua cet animal qui faisait le vide dans sa cellule. «Voici mon dernier compagnon, se dit-il, autant être amis». Il s'en occupa, lui attrapa les insectes qu'il ne pouvait saisir, et lui installa un nid près de son matelas. En peu de temps, le serpent rattrapa tout le retard qu'il avait

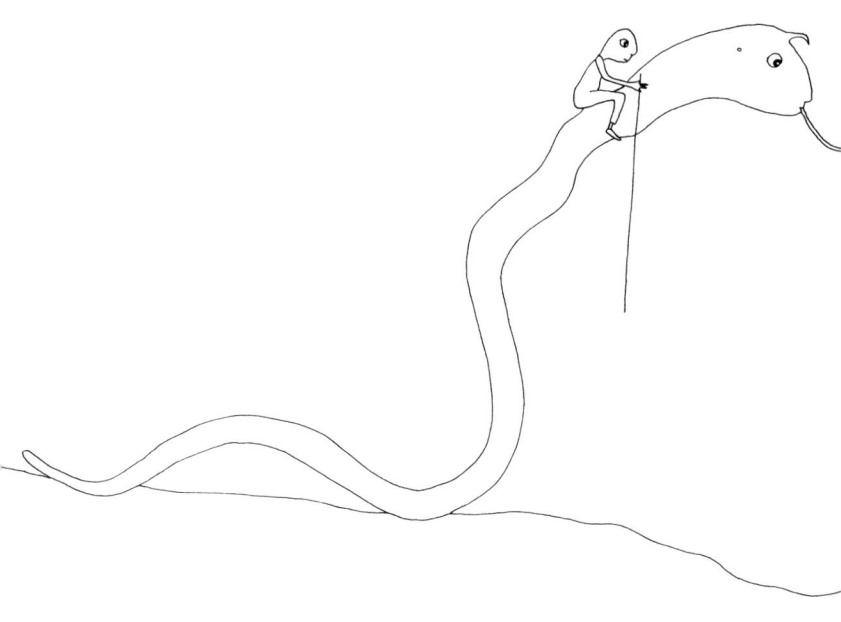

pris dans la dent. Il grandit énormément, et devint même très gros. Quand le geôlier vint chercher le prisonnier pour l'exécuter, il eut si peur à la vue de cet énorme serpent qu'il resta tétanisé à l'entrée de la cellule, laissant la porte grande ouverte, incapable d'y pénétrer. Le bandit

prit le serpent sous le bras, poussa le geôlier, et se sauva à toutes jambes.

Depuis ce jour, plus jamais il ne se sépara de son serpent. « Mon meilleur ami, disait-il, c'est lui qui m'a sauvé la vie. »

Le papillon chanteur

Je sors de chez moi, je pars pour l'école, mais au moment de traverser la rue, un papillon se pose sur ma main et se met à chanter.

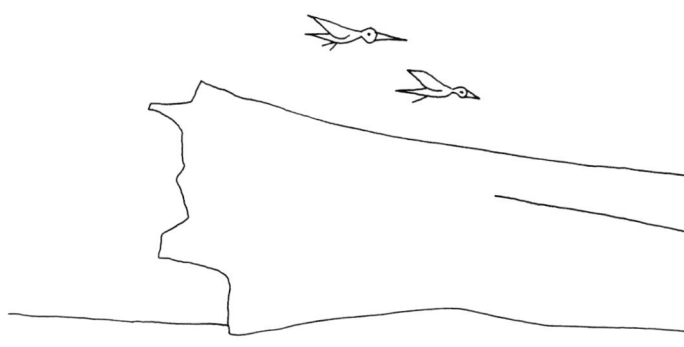

Je m'arrête aussitôt, je m'assois sur un banc, et je l'écoute, sans bouger, jusqu'à la fin de la journée.

Quand le soleil se couche, il commence alors à voler doucement tout autour de moi. Je reste immobile, je ne fais absolument rien, et soudain, ses ailes se déploient : il devient gigantesque.

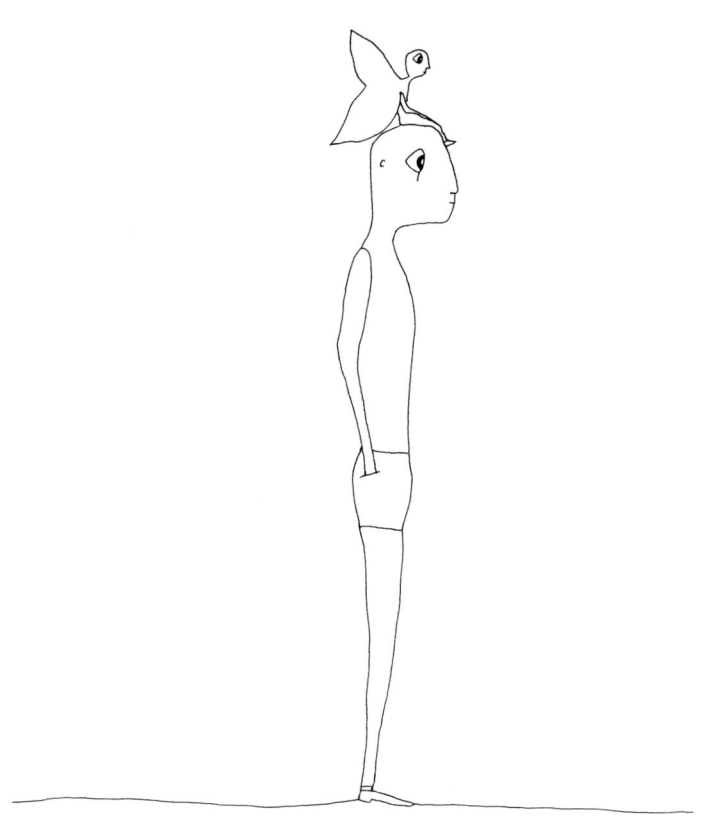

Je sens mes pieds quitter le sol, et je constate avec stupeur que je plane au-dessus de ma maison. En quelques minutes je fais le tour de mon quartier. Je vois les arbres dans les jardins, les voi-

sins, les voisines… «Tiens, voilà le petit voisin qui s'envole.»

Les oiseaux dans le ciel ne me font pas peur, les nuages sont assez bas, et le papillon m'emporte loin de chez moi.

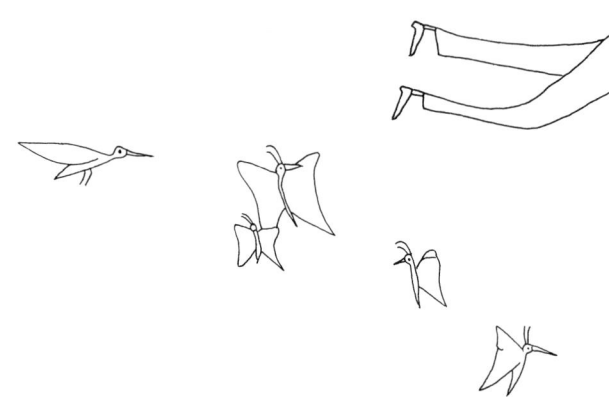

J'arrive au bord de la mer. Je descends sur le sable. Comme c'est le printemps, je me baigne. Je nage, en pensant à mon merveilleux voyage. Puis, je m'envole à nouveau. Voici encore les arbres, les châteaux, les voisins… et notre maison apparaît au loin.

Je me pose sur le bord du jardin et le papillon se penche sur l'arbre au-dessus de moi. Je le

regarde, émerveillé, mais il devient de plus en plus petit, il chante une dernière fois, puis il disparaît dans le soleil.

Ce jour-là, je ne vais pas à l'école, comme je l'avais prévu, je vais plus loin…
Je ne marche pas, je vole.